高音

黑瞳

著

长江出版传媒　长江文艺出版社

图书在版编目（CIP）数据

高音 / 黑瞳著. -- 武汉 ：长江文艺出版社，
2024.6
　　ISBN 978-7-5702-3522-3

　　Ⅰ. ①高… Ⅱ. ①黑… Ⅲ. ①诗集－中国－当代
Ⅳ. ①I227

中国国家版本馆 CIP 数据核字(2024)第 062448 号

高音
GAOYIN

责任编辑：王成晨　　　　　　　　　责任校对：毛季慧
封面设计：周伟伟　　　　　　　　　责任印制：邱　莉　　王光兴

出版　长江出版传媒　　长江文艺出版社
地址：武汉市雄楚大街 268 号　　　　邮编：430070
发行：长江文艺出版社
http://www.cjlap.com
印刷：湖北新华印务有限公司

开本：880 毫米×1230 毫米　　　1/32　　印张：8
版次：2024 年 6 月第 1 版　　　　2024 年 6 月第 1 次印刷
行数：4293 行

定价：58.00 元

黑瞳，浙江人，生于 1983 年。有诗作发表于《诗刊》《十月》等，并被收入《向平庸宣战：汉语先锋》《橡皮》等多种选本。

自序·写诗是对存在的确认

　　这是我的第一部诗集，里面收录了从 2016 年到 2023 年的 200 多首诗，是从总量约 1700 首诗里选出来的。这些年，我把诗和自己的生活紧密结合在一起，诗既是我存在的记录，也是存在的主要方式。我和诗的相遇颇有戏剧性。十分幸运的是，我在 2017 年遇见了一批当代中国先锋而且持续活跃的诗人。如果不是那一次的相遇，我和诗歌的缘分可能仅仅止步于青春期的一时兴起。

　　在当代，诗人不可能是一份全职，除非不需要养活自己。我只能用业余的时间去写诗，但我从来不认为自己是一名"业余"的诗人。在作品上或者说在内心，我一向认为，我就是诗人。在 2016 年写诗之前我当然不是，因为不是而彷徨蹉跎那么多年；直到遇见之后，仿佛突然醒悟：我是诗人。但我从未把这句话说出口——不论在什么场合面对什么人。因为我有现实感，深知在当下，"诗人"的名号在世俗社会中不仅不是一份荣耀，反而是带着异类的标签。诗不会带来报酬，也不会带来什么荣誉。如果是这样，我为什么要写诗？写诗以来，我问自己最多的就是这个问题。

　　在一个对的时间点，我和诗相遇，诗在精神上承托了我。我相信这是冥冥之中的安排。我就是普通人中的一员，以非常"正常"的方式去过这一生，经历十分平常。我是一个平常人，但可以写诗，因为我有许多的感受和想法需要一个容器去承载。许多时候，比如像今天，如果走在街上，可能是春末乍暖的空气，带着记忆中类似温度的一种感受突然到来，让你出神；如果不写诗，这种复杂的感受可能一晃而过，留不下丝毫印记，又匆匆赶路去向某个目的地。人生有许多这样的出神时刻。如果不抓住它们，我们可能习惯于活在生活的表面。这些瞬间就像平常的生活裂开的缝隙，让我们瞥见事物和自我的内心更深层的联系，这种联系或可称为"情感"——但又不是我们平常所说的那种狭义的情感。这种深层的联系，让我感觉到我的"存在"。关于人存在的意义，人类至今还未有公认的解释。而对于我来说，诗就是一种对存在的确认。该如何对我的"存在"进行确认？唯有通过对"感受"，以及生命体悟的捕捉和传达。我唯有在此刻，即当下，即现在，才是存在的，它调动我的五感、知觉，形成我和世界交融的关系。所以，这感受到的真实，是我们存在的依据。诗从感受而来，诗即是对存在的确认。在喧闹的浮于表面的生活中，让自己沉静下来，去触碰当下的感受，即是对诗意的触碰。我们只有用诗作为容器，用意识作为捕手，才能为感受赋形。

我的诗的内容许多涉及生、老、病、死、爱不得、别离苦，这些原本就是我们人生的真相。但每一种情景里，都不只是人们刻板印象中的"负面"感受。那些溢出来的、未言说的部分，是爱和慈悲。这并不是一种拔高，而是涉及真相，只是我们常常在具体的人际交往中忘记了自我的本来面目。写诗在一定程度上，唤醒我们去认识那个本来的自己。当我写了"不对劲"的诗，比如可能显露出粗俗、狭隘，或者让自己感到拧巴的东西时，我会反观内心，是不是出了偏差，是不是最近不够了解自己的心灵处境。诗就像是一面镜子。在这层意义上来说，写诗是一种唤醒真实自我的修行。修行不存在功利性，不存在比较性，是纯个人的活动，是一个人孤独的旅程。这是诗的纯粹和去功利性。在这一面，诗是非常严肃的。

但，诗也有另外一个方面的特质，就是它的交流性。如果是纯个人活动，或许日记是更好的体裁。诗因它的"趣味"和"游戏"特质，成为人和人之间的粘合剂。孔子说：诗可以群。诗人和诗人之间形成若即若离的情谊，因趣味的差异，形成各个不同的诗人群落，就像武侠世界中江湖上的派别。朋友之间的交流碰撞是人生快乐的一大来源。我希望诗写得"好"，一方面是它能足够真诚地表达出"自我"，另一方面，也是希望它更具有吸引力、聚合力。诗应该写得好看。我写诗的初衷，也希望通过自己的作品，跨越空间，甚至，有可能的话，跨越时间，和同频的心灵形成交流。这一路走来，我得到过许多这样的快乐。我常常感到这是很神奇的事。通过与不同人、不同心灵的交流，诗丰富了我的世界。当然，我也得到过一些前辈的善意劝告：警惕诗圈，不要被同化。但我对于这一点是不太担心的，因为我深知自己固执的本性和精神的洁癖，最后落得"水至清无鱼"倒是有可能，被某一种热闹彻底挟裹却是不太可能的。突然想起那句话：君子之交淡如水——淡倒也不一定是坐着安安静静地喝喝茶，也可能是鼎沸喧闹，有尖锐的碰撞交流。我想象这样的场景，坐在写诗的朋友们中间，什么也不做，也挺快乐的。我极其想珍惜这样的相遇，因为知道散落在宇宙中重聚的几乎不可能。人来到这个世界上，除了一个生命和一个生命、一个心灵和一个心灵的相遇和碰撞，还有什么是更快乐的呢？

除了"诗对我来说是什么"的问题，现在我会问自己另外两个问题：我为什么写这样的诗？我要写什么样的诗？

我认为一首好诗最重要的特质就是真实。当然，并不是说故事情节的真实，而是情感的真实，反映事物之间联系的真实性。为什么不是善呢？因为恶也是真实。为什么不是美呢？因为虚假也可能是美的，所谓美只是感官的愉悦。当真、善、美形成矛盾的时候，唯一不可舍弃的就是真。不可舍弃，是因为它太容易被舍弃、太稀缺。而不像善和美，可以大肆宣扬。要做到真，就要认识自己，并尽可能地对自己诚实。诚实在世俗的世界是有极大的风险的，而只有诗歌能够承载这种纯粹的诚实。如果说这个世界还需要真，那么这个世界就仍然需要诗歌。因为诗歌的属性是"真"。正因为诗歌的属性是"真"，诗就更接近人的天性和本能，更能反映一个人的心灵底色。因此，我要写的诗，一定是贴近我内心的感受，是我真正想要说的话。我认为诗因其"真"而自带叛逆属性，因为它守住自己，没有刻意讨好。

诗的"真"就包含了心灵在诗中的敞开、不设防。作为一个在社会中浸淫多年的成年人，特别是像我从 30 多岁才开始写诗，想要直接拿出纯粹的童真是不可能的。作为我的已经 30 多岁的心灵，一方面需要割开维持体面的包裹的外衣，拆解世俗观念的种种桎梏；一方面也清醒地面对这样做可能造成的对自身的伤害。这本诗集第一辑的诗——女性主题，有许多这样的尝试。爱情、生育，它们把人的心灵和身体完完全全地占领，并翻了个个儿，心灵的、身体的包藏在角落的任何东西都不能再紧紧地蜷缩，不可能再躲避。我写爱情决不是想要写那种浪漫的唯美的梦幻爱情，而是写爱情在现实中的破碎和难以成立，同时也写被爱情翻出的内心。那是脆弱的、敏感的、柔软的但又坚韧的。在诗中抱持"真"，就是要让心灵在场。这是多么简单的道理。但是对于习惯于讨好，或者被迫习惯于讨好的成年人（包括我）来说，要做到心灵在场，不是那么容易的事。许多诗人貌似在反叛，却让反叛本身成为一种讨巧的行为姿态。许多写到女性角色的诗，貌似在冲破某种禁忌，却仍旧未能逃脱把女性作为被凝视的客体的思维惯性——这也是对社会固有观念的讨好。我想要在写爱情关系的诗里，把女性放在主体的位置，而不是描绘她们"被凝视的价值"。我大多数的爱情诗，是在这个观念的大前提下写成的，不论诗里的"我"有多么沉溺于"爱"，都是在表达女性作为活生生的主体的关于爱的感受。这种表达可能不太符合当下偏好"大女主"的大众审美倾向，也不符合大多数男性对于女性的理想，但我想表达的是超越潮流和好恶之外的、更加永恒的东西。况且，表达出女性的真实脆弱，相较于以"投其所好"的方式去建立女性文学形象，更加独立自主。我的情诗多是在此种诗歌观念下的艺术化处理，所以不能单纯把诗歌的内容理解为"自白"。

另外，我常常在诗里似乎是无意间实现潜意识在客观事物上的投射，就好像在照一面能够显现出内心形象的镜子。许多诗人也是如此，有意或是无意地，将心灵投射于外部事物，似乎在"如实"叙述客观事实、描绘客观事物，实际上是在上映心灵的剧场。凡是经过人眼的事物，就不可能是事物本身，例如用人眼、照相机、CT 机去"照见"同一个人体，肯定是完全不同的成像。哪一样是客观事物本身？都是，也都不是。既然如此，诗人一方面要大胆地用自己的心灵去"照见"事物，按自己的心灵去"组合"事物，但另一方面，又要小心地去克制自己下结论的冲动。因为，人不是上帝，人，永远都不可能看见事物本身。以上，我是在说，人不可能做到真正的"客观"。人通过触碰事物去了解和构建自己，人又通过自身去观察事物建立对事物的概念，创造出新的事物，甚至新的人类（不是生育），人似乎是上帝和这个世界之间的媒介。所以诗人也可以借着诗，反映人和事物、事物和事物之间的"主观"联系——"主观"是心灵在做它想做的事。至于"客观"地反映世界，那应该交给科学家而不是诗人。我目前已经写下的诗，大多是放大了人的"主观性"的诗，是世界中的事物和事物在我诗里的重新组合碰撞，是客观世界经过我的眼睛的刻意变形，甚至干脆都是我的脑子创设的意象。这样写可能是我心灵的需要，是对循规蹈矩的正常生活轨道的精神反叛。

我的这种心灵"投射"，往往是当下潜意识心理，或者生命所处阶段的抽象现场投射于某种具体场景。它像是立足在现实生活的"撑杆跳"。我有许多诗都是某个阶段的生命处境在当下日常生活场景下的显像。我是一个喜欢新鲜事物（同时又念旧）的人，按部就班和重复会令我厌倦和沮丧，只有把自身隐匿于事物之中，对日常事物的联系进行重新组合，形成创造性表达，才令我感受到对现实的超越。我有时候在诗里进行时间和空间的跳跃，同样也是对自己现实生活中狭窄空间的一种反叛，是试图在精神层面实现拓展。

我的诗的内容主要围绕女性主体表达、日常生活延伸、自我在社会中的生长、不寻常事件的奇思异想、家庭生活，按照主题大致分为五类。

我写诗的灵感主要还是来自对生命处境的觉察。我目前写下的诗，基本都是对生命处境的表达。诗歌之所以能够自我滋养，最根本的，还是在于它让生命状态被看见。

那么看见之后呢？我不认为诗歌能够实质上对生命状态主动进行介入并做出什么改变。我接下来所能做的，或许是换不同视角，去更广地看到。因为拓宽了视角，多维度地去看见，自然就形成了对生命状态更深的理解。

今年是我写诗的第七年，在此借这本诗集做一个阶段性总结。当然我希望，这只是一个开始。

目　录

第一辑

高山流水及相见欢

水龙头

水龙头打开了又关上
关上以后嘴唇干涸
水在地下的管道里走
我在一个人的走廊
长着淡黄尖喙的黑鸟扑棱
到窗口
初夏的绿色波涛来了
我关上窗户
隔着玻璃看
黑鸟飞走
初夏转瞬即逝
就像去年一样

爱　情

我们长到 16 岁
总是梦见他
睡眠很短
醒着也犯晕

我们在车站碰见
他叫我的名字
不叫姓
他瞥向我的那一眼
停留在我的胸部
那天下的是暴雨
我觉得雨下得够大
又觉得
雨还不够大

冷　置

我停下来了
铺洒着阳光的一座桥
看看，我就觉得已经
走上去，风和温度
都适宜，这是在
想象中，就跟真的一样
我停在桥面和地下通道的
交界处
我还是选择，往地下去走
想象着一座
铺满阳光的桥
挂在我的头顶

他喊一声

平静的湖面

他喊一声

她的名字

如下鱼钩

她心底的鱼

从四面八方涌来

退　潮

海浪汹涌而来
当你奔向它——
迎接你的
是海浪润湿沙滩后
突然的退潮

在你看不见的地方
或许是云层深处的牵引
使它回头

你的身上
留下溅上的水渍

雨霖铃

《雨霖铃》

播放到

第无数遍

烟抽完第二根

从苦涩到

薄荷

从薄荷到

辛辣

总觉得有一种味道

没尝到过

高山流水及相见欢

到哪里去找

这样清澈的情谊？

相见欢喜是难得的

就因为太难得

如果我是女人你是男人

欢喜后怎能不生贪欲

如果我是女人你也是女人

欢喜后又怎能

不转成妒忌

苏小小的油壁车

在西子湖畔我
遇到了它——
苏小小墓
游客在旁边戏耍
我听到，你又在笑
你用长袖遮住的唇
散发桃花酒的味道
人们因你的慷慨
慕名而来
——那些为了给予一个人
而生出的
你把它
分发给更多人

小小，你的油壁车
就借我一用

樱花和雪

那年 3 月，我特地赶到武大

去看樱花

那年的 3 月正在下雪

我们一起站在楼顶

看着雪花落在樱花丛里

雪，很快会停

樱花会落

我们会离开

不属于我们的武大

我们手拉着手走在校园的树丛里

碰到一个女生就问

她就答说

前面，还有更大的樱花树

泄　露

蔓藤缠绕着我的身体
在我清醒的时间抽枝
半梦半醒着开花
一朵一朵地鼓胀

玻璃缸里游动着的噘嘴鱼
一下一下吐露我的秘密
海水里是冷的
它不觉得

透明的玻璃缸
更冷

高 音

一场暴雨

下在窗外

我听见被雨淋湿的人

发出的爆笑

好像被淋湿是快乐的事

这令我想起那个场景——

你碰我的时候

我就想哭

好像弹奏到最高音

是一件悲伤的事

"明明"

"明明"①
他喊她的名字
不停地喊
声音回响在观众的耳朵里
——爱情膨胀的声音
唯独落不到她的心里

她的心被另一个男人占满
被爱情撑开的口子张大着
张大着，变成了饥饿的嘴巴
欲望像纷纷的雨滴
——明明是淋着雨仍然
满身焦渴的人

---

① 明明是话剧《恋爱的犀牛》中的女主角。

话剧收幕

当红色绸缎铺满舞台的时候
我知道
就在这绝对契合的音乐中
一切都结束了
为了给观众带来情感体验
而全情投入的演员
此刻身体还未停止
悸动的起伏
但他们已背过身去

观众从座位上缓缓站起
我不知道别的人是否
和我一样

走出剧院来到阳光底下
看到一个姑娘倚靠在外墙上
带着空洞茫然的眼神

我躺在床上

我躺在床上
听见楼下公园里
树叶的浪涌
细沙的翻腾
像是要席卷我
我以为躺在浪尖上
我以为躺在沙尘里
窗帘轻轻颤动
然后就停了

不是雪

大雪已经下过了
你正在深一脚浅一脚地走
你没有说话
我似乎听到你的呼吸
你说我听到的那是雪
积得太深
我无事与你分享
我的双脚也正被掩埋
却不是雪

朱丽叶

灯，亮起
帷幕，拉开
无数双眼睛，躲在暗里
你忘了这是舞台
你故意让自己忘了
在扮演朱丽叶

你向罗密欧伸出手
整个身体倾斜
这一幕定格
三秒

你倒下了
泪水出现
剧本里必要的细节
你在喘息

观众突然爆发出了
笑和掌声

你在上下起伏的喘息里

体会要命的缺氧

眩晕

恶心

和心悸

请删掉

"朱丽叶心跳很快"

这句旁白

一列火车正在缓慢离去

雨还未停止

河面上无数个

细小的光晕

还未平息

我沿着河岸往前走

伞打在头上

雨落在伞上

一点凉，不算寒冷

笔直笔直的路

我这一次走完

不断拖长的躯体

蛇一样横亘在我的眼前

前方已经没有路了

只有荒草招摇

然后是震动的呜咽

然后是一列火车缓慢地离去

窗口黑鸟

窗口黑鸟朝着屋内的我叫

梗着脖子叫

那样冲动　执着

又天真

在凌晨

把我唤醒

当我睁开困倦的眼

望向窗外

灰蒙蒙的天空

空空的窗口

女更衣室

这多像一个

身体的陈列室

这多像

岁月年轮的陈列室

皮肤肌肉的质地

深浅的褐色

这多像

人生经历的陈列室

这黑色字母的文身

剖腹产的刀疤

这多像欲望的陈列室

移动展出的乳房

这么多干瘪松垂的乳房

想象一下吧

也被一双手爱过

牡　蛎

我在想象中再一次靠近你

隔着木桌子

视线不离开你的面孔

隔着太长的日子

重新分辨哪一些特征

是你所固有的

哪一些，是你经历的生活

和岁月强加给你的

我也暂时放掉外壳

牡蛎不是石头

它在幽闭的空间里

柔软一如天生

潮湿并且蠕动

动物园

梦见一只豹子

在月光下奔跑

银色的脊背起伏

灰黑色的天地间

像游走的剑脱了鞘

"去看一看动物吧!"我说

城市里没有动物

我们只得上动物园

看蜷缩在一个笼子里的老虎

它的灰黄色的皮毛

在阳光的照耀下

显现出微微的光亮

"要是在森林里

它该有多美。"我说

"你确信吗?"

你转过头来的时候

我看见一只虎

从你的黑色瞳孔里

跑出来了

炼铁的人

你的背影

一直在晃动

你拿着铁棍去触碰

那些矿石

你戴着安全面罩

我想看得更清楚些

"不要靠近！"你说

熔炉比起我们的身体是巨大的

你将矿石送进去

抬起头看我

你的透明面罩上映现着火焰

铁水正送出管道口

还是滚烫的

等下就会慢慢冷却

变成铁

就像我们平常见到的

梦见四叶草

梦里突然出现

一枝硕大的四叶草

像你张开的手掌那么大

究竟是四片叶子吗

我在梦里忘情地数

记得多少次

我在草地里在盆栽里

以为看见了四叶草

但仔细一数

都是三片叶子

这一辈子我都没见过

一枝真正的四叶草啊

梦里的四叶草是单独的一枝

在一辆大卡车上面

没有数清楚

已经渐行渐远

绿　光

我说的不是那首歌
也不是那本书
而是电影
那个女主角一直
在等
她很瘦，不吃荤
从快乐的朋友那里逃跑
喜欢一个人走在森林里
喜欢植物
森林里一个人也没有
只有风
她畅快地哭
最后她等到了
日落之前那一闪的
绿光
在等到一个男人之后
我说的是电影

成为女人

就是波伏娃的那本
著名的《第二性》
感觉相见恨晚
她太了解女人了啊
我用了半生好像只为了证明
她早已说出的
女人的天性和处境
看完以后我没有变成
一个女权主义者
来了个急刹车
向反面走去
我可以是一个男人或女人
当我爱上一个男人
就成为一个女人

当　时

"我们很好"

海浪拍打着岸

激起的浪花亮得晃眼

我在梦里层层陷入

在海的深处是幽暗的

宁静的

所有身边经过的鱼

和我使用不同的语言

我在一个喧闹的世界幽闭

我还在游动

和它们一样在游动

"我们很好"

当时我们很好

当时波涛小心摇晃

风还没来

漩涡还没敞开

嫉　妒

呲溜一声蹿出

飞向天空的焰火

飞得那样高

脖子和眼睛都是酸的

你见过那些焰火

为你点燃

现在，它飞向的地方

是你看不见的

越盯着越看不见

你装作没事一样走开

否则焰火的残骸

会掉到你的眼睛里来

恋爱的犀牛

现在，这部话剧终于
再次巡演到温州这座城市
第一次我错过了
十来年过后的去年
我特地跑到杭州
一个人去剧院看了一次
看到身旁
是陌生的情侣
我摘下口罩
袒露泪湿的脸
希望为我带来眼泪的他们
中有人
能看到我
当然不会有
我戴上口罩
匆匆淹没于人群

楚门和蝴蝶

早晨，镜子里的你
两个黑眼圈，是从荫翳里
伸出的一对翅膀

你身穿祝英台的戏服
像是在演绎《化蝶》的传奇
你呢喃着他的名字
在他的衣冠冢前徘徊
没有对白
对手已站在导演的位置

你站在一片荒野
在吹拉着喜乐的迎亲队伍里
你红色的裙裾沾染了泥土
你奋力奔跑
一道目光还没有离开你
他已站在导演的位置

演奏喜乐的队伍
走到你的面前

他们朝着你笑

你拉着他们

像是抓住门把手

那扇门始终关闭

镜头以内无声

前面的坟墓朝你裂开

你掉进地底下

你闻到了

树的根须、落败的忍冬花

腐烂交缠的气味

黑夜漫游

醒来就突然醒得不行

如交叉移动的光束终于停在脑门

梦里黑黢黢的只看见

闪烁的磷火

那个世界不全是黑的

据说磷火是另一时空的灵魂

星光不动

磷火和星光

此时互相观望

又相隔云层

在茫茫宇宙中穿梭

就像一盏灯和一盏灯

不能放在重叠的位置

在僻静的夜里

它把光延展到最大

因为毫无可能的交会

只是把光

延展到最大

井 底

这是如此冰冷的一个所在
水渐渐漫上我的胸口
好似拥抱
好似安抚
我的体内长出无数的毛发
枝条或者荆棘
胸口开一朵灰色的罂粟花
它有一种吸引
在这个黑夜里
一朵罂粟花吞吃了它自己

铅笔尖

是童年时不小心刺入掌心的铅笔尖
现在成为一颗包裹在肉里的痣
若隐若现
它已经不疼，不会硌着我
它总会不疼，不再硌着我
我包裹着它
是的，我可以包裹着它
包裹着折断的
铅笔尖

火焰标本

穿过街道

阳光洒下来

体表的冰开始融化

呲呲散着寒气

树叶青灰色的阴影一再

落在我的身上

又拂过去

身后的卧室里阳光还没有照透

阴影中残留梦痕——

梦里我抱着一座冰山

一则报道说南北极温度上升

冰川开始融化

企鹅死在脏水里

伤感的回潮

一早上赤脚踩在地板上

一个尖锐的小东西

硌着脚底

一种强烈的嵌入感

脚抬离地面

用手指捏住小小的碎玻璃拔出

血滴缓慢淌下来

我眼见着伤口渐渐消失

右脚大拇指的内侧

小时候曾有一次割伤

那块地方现在仍不能碰触

这时有人发来一首歌

有什么在乐声中舒缓，晕开

有一点暖意冲到胸口

"是共鸣、回旋和发酵的感觉吗"

也许是回旋

是回旋

坠落回无边的宇宙

坠落回无边的宇宙

就像歌里唱的

脸

那张脸重新

变得陌生

在过去的

某一段日日夜夜

那张脸是挂在你心头的月亮

架在你耳廓内拉动的

大提琴

裹着你脚踝的水草

它重新

掉回人海

和所有那些脸

挨在一起

它从大理石的质地

变成泥塑

变成画报纸

倾斜着，晃动

一半

浸泡在水里

引　力

天黑下去以后
所有物体在眼前消失
过了许久
物体又慢慢重现
颜色变得暗淡

我们看着太阳落到
深渊里去
它只是去了南半球
如果把视线拉得够长会看见
是地球转身又回来
它在往前走，没有走得更远

太阳和地球
不会脱离
各自的运行轨迹
一遍遍旋转
照见和被照见
在广袤宇宙里
构成一种恒定的联系

银　杏

风拂过银杏林

叶子翻飞

阳光和初冬

卷曲的银发飞升

古典吉他的轮指

带来一条青绿色的河流

银色卷发的前部在光里

失去重量

后脑勺的部分

藏在青灰色的阴影里

河道宽阔

河道狭窄

河流静静汹涌

度过等待的一生

不用烛

慢慢走向你

用踏过刀尖的脚安置火种

一呼一吸

风扇似的胸膛

不肯停歇

你望着我

从你的眼睛到地平线

地平线到我之间

开始着火

这一次你有把握

火可以烧很久

我们步入海水

仍感温热

瞥见晚霞

当头撞见霞光

你知道

过后的黑夜深长

再也照不见彼此

霞光

是触摸不到的事物

霞光是你期盼已久的事物

但你害怕被它照见

在眼底留下成像

永久的光斑不能褪去

像不落的太阳让你醒着

不能调和的南北极

极昼和极夜

在极度疲乏中等来的

不是融合，只有

互换

木　桩

为了一些
你认为最重要的人
你把自己等成了岸
不，没有那么伟大
充其量，只是岸上的木桩
伫立在那儿
套着一根缰绳
那一头的浮浮沉沉
渐渐收紧了你的喉咙
所以你是木桩

雪　人

那只雪人
在雪地里等我
一天一夜
张着双臂
一个稳稳立住的
随时预备着的
拥抱
可我知道
我一触碰它的身体
它就会多个窟窿

解冻金枪鱼

冷藏食品已过保质期

打开冰箱门

你凝视着

白色半透明的塑料盒

一些玻璃罐头

卷曲的菜叶

油脂凝固的烤鸭

颗粒模糊的西兰花

以及其他　欢宴后的

残羹

你的食欲藏在

最下面那格，冰冻的

金枪鱼啪的一声

掉在地上

新鲜的寒气

如尘土飞扬

变成树

我把自己关进屋子

窗外是那些树

枝叶摆动

摆动总是落回原处

它们站着

风也无法撼动的静止

阳光透过关闭的窗户玻璃透进来

照在我的身上

阳光照着树

树叶反射着光

彼此应和

树干忍耐着不燃烧

而皴裂

我因忍耐着不燃烧

而进行光合作用

这朵花

这朵花
已经开到了最好的时候
我为它留下一帧
在人间的虚影

悬　崖

戒指还放在

戒指盒里

有时候你的身体

礼节性放入我的身体里

更深处的幽暗

无力掏取

清晨不去观望对方

夜晚摆正你的脸

在我旁边的位置

你的一天走过了太多地方

包括一些不为我所知的

你的夜晚和我的夜晚叠合不齐

一段悬崖横亘在我们之间

一段悬崖引诱我们跳下去

第二辑

窨井底下

拆　脸

中午吃鱼
我在拆鱼脸的时候
鱼的表情越来越难看
我也不会因此
就停手

窨井底下

经过一个窨井盖
听到底下流水欢腾
仿佛一条河在奔流
或许是一条江
甚至一片海

彼岸花

路旁绿化带上
灰头土脸的那些
迎风招展的花儿
竟然是彼岸花
花瓣破碎
和所有花儿一样
在人世蒙尘

白色的汁液

剪开一条树枝

棕色的树皮内

白色的

汁液滴落

散发新鲜的

冷冽气味

这种气味令我兴奋

我爱上了剪枝

血液

不会是白色的

一束光

接住一束光

用身体接住它

从头顶开始

变成透明

一呼一吸的透明

血液的奔流也是无色的

这样站在你面前

这样行走

躺卧

像无声无息的河流

鱼头的心

"我切开给你看

心脏还动呢

不动不要钱"

一只硕大的鱼头

躺在砧板上

听着这段话

一小坨

绯红的肉还在跳

鱼头的眼睛挤着砧板

没有脖子可以转

注意不到自己

失去了身体

又失去了头的

另一半

割草机

楼下的割草机
发出一阵阵巨大的
沉闷的抽泣
那一定是割草机里的草
发出的

春 雨

春天连着阴雨
树叶抽出了一整排新芽
再也抽不出芽的人
开始莫名烦躁
已经死掉的枯木背着阴
长了一身蘑菇
蘑菇膨胀
低头走路的人分开双腿

失眠的潮水

我为松垮的脸

辗转反侧

越辗转就会越松垮

神经开始轻轻颤抖

有个念头

飞扑到脑海

"终有一天

世界上没有我"

这不是一个问题

这不是将来时

这是一场失眠的潮水

淹没过我之后

露出的石头

断　崖

在洗碗池前驻足

午后的光阴空白

突然想

我的外公

外婆

他们滚落在时间的断崖

会掉到哪里去了呢

夏天的散步

多日在 6 楼上的自我囚禁

连着多日的雨，停了

我到楼下去

买几颗钉子

多日渴望的散步

需要有一个理由

比如几颗钉子

沿途草叶上

水珠在路灯下

泛着宝石的光

没人看见

我手里捏着钉子

模　特

经过那家商店橱窗

模特还立在那里

折断的手臂

装了个新的

像一个新的模特

每天我都会经过

累倒在床上起来后

还是会经过

它也会看着我

保持着它中立的目光

看一个移动的模特

每天换掉一部分样子

像一个新的模特

我的花园

最近每天都会经过一个花园

其实是一个陌生人家

在自家院子里开辟的一小块空地

我能从围墙的外面

透过栅栏瞥见簇拥着的

盆栽开得热烈

用木讷的姿态

我感到亲切

想笑

脑子里出现轻柔的音乐

我愿意驻足

但不去推门

我在私下里

称它为

我的花园

求 医

我会大谈特谈我的病症

我的弱视、耳鸣、咳嗽

或者麻木、颤抖

各种各样

但我会有节制地

谈及我的心

你是医生

你对我的心束手无策

你越对它置若罔闻

就显得越专业

雨

雨从天边下来
这个世界只剩下雨
我在屋里听见
雨是唱不出的歌
从一颗心
落到另一颗心
它挑选
有心事的那一颗

搬走吧

我帮你剪了发

剪去那些枯黄的

已经死去的部分

你看上去又精神了

像术后的病人新长出的发碴

我是蹩脚的理发师

我无计可施

我把你留在身后

任由新主人招呼工人

把你搬出来

你会被堆放在某个垃圾场

你会枯萎

我会搬去更小的房间

我会在某个街角

撞见你斜躺在废墟

枝叶枯黄维持着新发型的样子

自行车

小学时开始学自行车

有一天我梦见

骑着自行车

在那条放学路上

转弯处

飞了起来

上初中的时候

终于学会

我骑的时候

同学说我像是闭着眼睛

骑睡着了

苹　果

苹果待在桌子上
在我的右手边的
鼠标更右一点的位置
替代昨天的橙子
——橙子的头部
渗出一点点枯黄
它进了我的肚子
现在，是苹果
红润
以更坚硬的姿态
等待
光临的命运

一 天

这是注定迷路的一天
踩下油门
泪水挡住了车窗
在车流中掉头
停在店门口哭
店里的人打开门
绕过我打开的车窗
小心翼翼搬运玻璃

一个路痴是怎么顺利
开到江边的
刺眼的光铺满江岸
江水辽阔
没有人
在今天跳江

白色花圈

早上我匆匆走过
小区的分岔路口
夜里下过雨，树叶滴水
树上靠了一个新花圈
我抬头看见讣告上
黑白照片的老头

傍晚下班再次经过
我停下脚步
又望了眼照片上的老头
读讣告上的文字
简单记录的一生
他活到 93 岁
退休于
国营食品厂

鸟儿从天空降下来

鸟儿从天空降下来
一张网
捕获一个春天
它们聒噪的声音
说着去年春天已经说过
却还没有说腻的话

一个人在异乡的夜晚

一个人在异乡的夜晚

躺在一张大床上

黑暗里自己的轮廓

从混沌中凸显

越来越清晰

像月亮一样皎洁

和它对视

亮得无法入眠

温州的中秋

天还是那么热
身上出的汗少了
温州的中秋
得有细心人
才能把它从夏天中
拣出来
它潜伏在所有的绿叶中
选好了其中的一部分
一夜黄掉

肥皂泡

摇摇晃晃的船上
孩子们吹肥皂泡
肥皂泡大起来了
飘走，掉在水面
水托着幻影
他们笑得特别开心
肥皂泡破了
没关系，再吹一个
这一个会比前一个
更大
一直飞到天边
"你要不要吹一个？"
一个孩子问我

清　洁

瑜伽垫晾在窗台

汗渍和脚印都擦过了

日记本和书上的灰

是风带来的，我把它吹走

洗手台下面

早已没有花的花瓶搁了一排

我得弓下身

把蟑螂的虫卵和碎肢

全都押出来

玻璃花瓶挪到阳台

水滴从它的臀部

滑向脖子

流了一摊

在瓷砖地板上

不适的高跟鞋

脚步移动
皮质的褶皱相互摩擦
尖细鞋跟敲击水泥地板
两种互相打架的声音
越过了所有沉默的车辆
在封闭又广阔的
地下车库里回旋

是这双高跟鞋
我亲手把它
套在自己的脚上

周一早晨

周一早晨奇迹发生了
经过一晚上的暗中分裂
蝉蜕了壳
真身留在原地
壳要爬去上班了

羽毛球

羽毛球向我飞来
我就想接
听见公园里
小孩之间相互追逐的笑
鸟抛到天空四散消失
羽毛球一直在视线以内
你用了力去拍
它没有飞得更高
我看着羽毛球从空中
掉下来
转身，没等我离开
你已从我身后捡起它
再一次
羽毛球向我飞来

烟

有烟吗？香烟的烟
——你要干吗
我要抽啊
——怎么了
自由啊，自由了就想抽
——钢琴上有一根
一根烟，很快就抽完了
一半是我抽的
一半，是窗口的风

倒 茶

在茶馆

一个倒茶的人

立在那里

等着他的客人自顾自喝茶

他提着满满的水壶

对准茶杯口

一道长长的

滚烫的弧线连接

他不能

把水一下子

全给倒出去

一群鸟在天空盘旋

我躺着看天
一群鸟在天空盘旋
它们一再出现
又消失在我的视野
当它们消失的时候
我看着天的空白

自动驾驶

在熟悉的河道上
随着船在前行着
进入一种失去意识的
自动驾驶状态

河面闪烁波光
没有目的
只是闪烁着
在河水倒出之前
——比如某一天地球突然
卸掉引力
江河湖海的水
都抛向虚空

黄 昏

这两天每到黄昏

我就到楼下公园去散步

我的身体在运动着

一圈一圈走着

模仿太阳和地球

每天一圈一圈的运动

这样我们就形成一种对等

这样

棕黄和青灰的交接

布满整个天空

以及天色的黑

突然在身后罩下来——

就不会轻易撼动我

对,"生命在于运动"的意思就是说

如果你坐着不动

就会被夜色吞没

修　路

走出去发现

路两边已经被

围了起来

电钻在钻

平日并没有发现

路面的磨损

路上也没有指示牌

告诉我为什么

可路面已经被翻开

粉尘在飘

电线交错在人行道上

我挨着临时搭建的围墙

走在车道边沿

行车在左耳呼啸

回荡右耳

电钻从右耳

钻进左耳

我要很小心很小心

走到我想去的

地方去

办公室的下午

下午，我转头向左
望向窗户几次
窗外有停车场
静止不动的树
就像昨天
就像昨天的昨天一样
除此以外什么都没有
我还抬头望了望天
我知道天是很广阔的
但我看见的
总是那么一小段
也总是那么
几朵云

红

昨天下班开车在路上
看见了楼栋之间的晚霞
那种红该怎么形容
很温柔又很暖
那么多回家的人
看见它就想到了家
一定也有一些漂泊的人
看见它
就像走在了沙漠

最远的距离

站在窗口望向天空
白云之间裂开了
越来越大的口子
这是一个看起来
离我非常近的出口
但我钻不进去

零点的月亮

明天是中秋节了
今天不停地想到月亮
我感觉大概会很大
也很圆
我完全知道它会有多圆
但不能确切知道
究竟有多大
昨天在做瑜伽的时候
瞥见了窗前的一轮圆月
和我对视
足有我的头那么大
当时我刚好站着
双手合十在胸前
想到这样一幕
我迅速把头伸到窗外
它已经不在昨天的位置
它在我的头顶
很高
很小
很圆

骑手正在努力送货

晚上九点半

打开美团 app

显示骑手正在努力送货

骑手距离我 8 分钟

地图上正下着雨

日历显示"今日大年初一"

听到楼下汽车轮胎

在地面摩擦的声音

那声音有泥泞

我的双腿盘坐着

一团肉球

攥得很紧

它牵动着神经跳动

我的母亲在她的生命中无数次之一

突然推门

把头钻了进来

电话静音来电

骑手说

他的轮胎爆掉了

冰 河

我再一次站到了阳光下

阳光穿过冰凉的空气

罩在身上

腿脚的冰块

慢慢融化

心脏疲乏

血流缓慢

冷气顺着青色的动脉攀爬

足底干冷龟裂

河面结冰

很远的一声脆裂

冷，从河底爆破

阳光照下来

阳光收回去

我不会特地

跑出去看

夜晚的河流

偷偷结冰

芦苇

一个人走在河边小路

看到四周无人

走到河道边缘

有我叫不出的植物

一大簇一大簇

乱蓬蓬的

朝向我

依稀分辨出其中柔弱的几根

是芦苇

它柔弱地伸开着

那些叶子刚强的坚硬的

我不知道

是不是芦苇的

另外一部分

慢

从菜市口过马路

跟着前面的老人

放慢脚步

阳光斜照在斑马线上

青灰色间隔着暖黄色

春风吹到身上不冷不热

车流静止

老人晃晃悠悠穿过斑马线

渐渐走到阴影里去

车流

一下子变快了

下午四点三十分

一眨眼就消失

伸向天空的树枝

在公园里走路

停下来

看头顶上的树枝

在天空张开

树可以活几百年

一茬又一茬的人类

来修理它

修理它的人类

一茬又一茬死去

他们必然会死去

它才会长到无穷大

黑色的毛细血管

满布青灰色的天空

一次钢琴演奏音乐会

声浪不断翻涌

逼近我的耳膜

这个来自世界著名音乐学院的

钢琴演奏家

她的手指不停在琴键上舞动

她的长波浪黑色卷发

在舞台灯光下颤抖

折射出绚丽的光彩

我像是被海浪裹挟

逐渐感觉到意识的模糊

它把我抬离了地面

在半空中找不到支点

望向剧场楼下一层的观众席

一排排座位上小小的人

一个个颗粒

在轻微蠕动着

中场休息的时候

我看见那一架钢琴

很小

在空旷的舞台上

站着

人们朝着不同的方向

来来去去

偶尔

望向它一眼

午睡醒来

午睡醒来　在异乡的床上
白色的床单包裹着汗湿的身体
三点三十分
离中午很远
离傍晚
只挨着一段神思恍惚的距离
太阳还未落山
灯全开了
爸爸　妈妈　老公　孩子
他们全都不在这里
我沉溺在
失去身份的床单中

第三辑

缝 隙

办公室的空椅子

狭小的办公室

有两把椅子

一把自己坐

另一把空着

有人进来时

我也不喊他坐

我一个人时

总是坐在我的椅子上

看着那把空空的椅子

昨晚做了一个梦

梦见另一个人坐在我的椅子上

看着我

而我坐的是那把空椅子

总有一天

多少次

我在人群中终于

拉起一个人的手

想带对方到干燥的陆地去

可我们总是蹚不过

一条河

我们浑身湿透了

只好分别

你找你的

我找我的

陆地去

自由的马

我没有见过一匹马是快乐的
除非它跑起来
它在颠簸中忘记了
套在背上的马鞍
或许，是感觉到束缚
它跑起来
用惊人的速度去挣脱

没有一匹静止的马是快乐的
它们深邃的眼眸里藏着泪水
绑在一根木桩上
摇晃着头
一下一下拉扯
安在嘴角的辔头
风会吹动它们的鬃毛
夕阳照见它们富有力量感的身躯

人们喜欢马
作为自由的象征
然后奴役它

上升的气球

上升的气球

不知道自己的膨胀

它在天空

任性飘浮

嘭的一声

它如此之轻

落进

那些等待已久的眼睛

他像无处可逃的苍蝇

他把自己做成了标本
压在玻璃下面
但仍在
嗡嗡嗡嗡嗡

鸟

鸟
落在这棵、
那棵树上
今晚有台风降临

我的脑海里蹦出了一只
爪子很厉害的鸟

逃 离

这匹马总算驯服了
冲出栅栏的时候
踢翻了食槽
"好样的"，一路上
有人冲着它吹口哨
它竟也冲过了
一道又一道的围墙
向着天空奔去
突然它又跑回来了
身上带着血印子
它仰头，盯着
头上那片天

山 峦

我梦见

天空中出现山峦

天空先是白色的

后来变成灰黑色

山峦一直是青色的

纹理清晰，像是画上去的

都是山尖尖

天空没有云

天空肯定是有云的

我不奇怪山峦

是怎么到天空上去的

好几个山尖尖

占据星星的位置

我也不奇怪

绿宝石已经不在

绿宝石已经不在
挖掘机在河床上挖掘
仙人离去后
台风来过
倒着的根部
像仙人遗落的胡须
树干一劈两半
黑色的树皮绽开
白色的，树的身体裸露
树的灵魂已经逃走

坎布拉的石头

青海坎布拉荒凉的路上

捡到几块石头

被红泥土裹着

像一块血肉

在溪水里洗

透出白骨

森森闪着光

坎布拉从前是海

现在是山

石头，可能不是石头

把白石头从青海带回老家

摆在打印机黑色塑料板上

从睡梦中醒来后就看它

还是那么白

还是闪着光

乡镇老人艺术团

震天响的音乐
演员的脸上扑厚厚的粉
嘴唇和脸颊红得出奇
她们高高地举着手
挪动着一致的步伐

站在舞台中间的
三十来岁的女人
穿着租来的人造丝绸礼服
是我

喜欢你

他们都是说过
"喜欢你"的
但他们都离开了
他们说完
不知道为什么
就离开了

伴 舞

高一那年，发育后的我
第一次做伴舞
双手平伸
缀满亮片的裙裾
如孔雀的尾巴展开
转身，台下掌声
翻滚，把我抬上浪尖
这掌声
不为一个伴舞者

星　星

夜晚我走在街上
街上灯光暗淡
所有星星都朝向我
青蓝色的灯光
青蓝色的凉
都是星星的焰火
向我掉落

小　丑

观众指我的鼻子

大笑的时候

我想跑上前去

揍他

又想起来

我还戴着小丑的面具

站在街头

于是拳头停在空中

摊开手掌

变出一朵玫瑰花

边　缘

树籽落在悬崖的边缘
在落和不落的
徘徊中，生根了
暗处也有广阔的世界
在泥土中游泳也是一种自由
根须再生长一些
前路无人看守

作为掩护的
是悬崖上一棵
不起眼的树

河

马达声渐渐过去
船尾的波浪
犁开长长的沟
仍敞开着
河面原本是完好的
且平静

玩　意

我坐在地摊前
影影绰绰的双腿
不会有一双停下来
为了一件手工艺品
美丽的小玩意
价格不断降低
直到白送
这世上
当然有那么多白送
都送不出去的东西

井　水

我们一起凝望过井
水面倒映
凑在一起的笑脸
井水颜色变深了
越凝望越幽暗
水一直在流动
在井底更深处流动
在我背转身的刹那
听见脚底下狂欢
的漩涡

树　梢

路越走越远

你拐进了树林里

树林里再没有人看见

在你总是看见

没有人看见的身后

风吹动树影

你向前跑去

向越跑越黑的前面

跑去

树枝在你两旁交叉私语

不要停下来

山越高风越大

头顶上的树梢摇曳

在四下无人的山林里

你迷路了

就把树梢的轻摆

当作招引

缝　隙

天黑下来

我终于抓住自己

已经变细、变轻的身体

一阵微风透过窗户的缝隙

掀起窗帘，呈 15 度角

我是从窗帘底下钻进来的

我将侧身从门缝行走

桌子上的万年青枝条微微倾斜

它体内生长的欲望在爬动

我从茎的裂口抽出

一整天我就是静止的植物

从破碎的脚步里

嘈杂的声音、阴谋的眼神里

变窄，变尖

一盆仙人掌

出现在它不该出现的位置

无　风

无风的树叶
没有破损的水泥路
伸手打开就有的光
安安静静的人
都像没有一样
存在，被人注意到
这是多么重要啊
有人为此消耗一生

刀

我看着你站在离我

两米远的地方

玩刀

已经很久了

刀在你的手里

耍着把式

刀尖对准你的手

推进推出

我捂住自己的嘴巴

不走过去，提防着它

我歹念刚起

已刺中我

光　年

天狼星距离地球 8.2 光年
我们看见的天狼星
是它 8.2 年前的影像

天狼星和我
是因感知的局限
而成就的相遇

膨　胀

宇宙在膨胀

星球加速旋转

我因自转形成星球

形成聚合之力和离心之力

张开双臂

拒绝他人的加入

童年的结束

我的童年结束在
一个夏天
蝉叫得大声
从小玩到大的男孩
跑得越来越快
我跟不上了
男孩蹲在地上
抠着脚丫说
"你是女孩
别再跟着我们了"

我的童年结束了
我束在阁楼
楼下是新的孩子们的欢叫
我学会了和影子玩
和想象中的人对话
我是我的新朋友

巷　战

进入那条小巷
空调外机滴水
流在地上
泥灰和腐叶混在水里
粘我的鞋底
一群狗在嬉戏
一只扑到另一只身上
抢它嘴里的肉骨头
骨头从一只狗口中掉出
进入另一只
骨头已没多少肉了
只有口水让它冒着热气
狗和狗在追逐中欢腾
"加入我们啊"
那根骨头
躺在狗的牙齿之间
发出兴奋的邀约

我绕过它们
在巷口墙角
蹭掉鞋底的软泥

车　间

一脚踏进

所有的机器都响了起来

半明半暗的车间

曲着的肢体

我在他们脸上看不到表情

烟尘围绕着他们

锅炉在烧着

铁和他们的身体在融化

他们还在有劲地

挥动着胳膊

年轻的工人戴着耳机

他们能保护好自己的耳朵

他们能

将自己的力气打进配件里

输送到世界的各处

啃 噬

他们坐着

我也坐

一条腿架在另一条上

他们在谈

我也说

重复他们说的

他们抽烟

我没抽

他们不问我抽不抽

就决定我不抽

烟一截一截掉落

话说出就散

虫子在裤管内啃我

他们站起来

我跟着，走一步

就退后

夺 取

他们夺走了我的椅子
我重新出发走在街上
找到了属于我的路

他们夺走了我穿惯了的外套
我曾经每一天都紧紧攥着它
失去外套以后我爆笑了出来
原来我不在我的外套里

他们夺走了我的时间
我的注意力被一根针筒抽走
千千万万的活的注意力都被抽走
半夜的清醒是因此长出时间
那些不眠的时间又快速流失
像一粒沙看着自己
被风卷走

吵架的人

吵架的人
是遭受风暴的树
枝叶相互纠缠
抽打对方
各自紧紧抓牢
地底下的根
它如果有意识
会发现树干有断裂的危险
它们会各自倒下
但树是无意识的

那只狮子

它仍在囚牢里

只不过现在

有很多人来看它

这样，它就站起来踱步

展示它在森林里奔跑

练就的肌肉　稳定的步伐

步伐里的迟钝

——长期独自待在囚牢里

形成的迟钝

它在来回踱步中

形成转圈

它嘶吼

人群中出现一个童声

"看，狮子叫了"

我想去巴黎

我想去巴黎

这是我十几岁就成形的愿望

我在电视里见过巴黎

然后是电脑、手机

传来的消息

如今埃菲尔铁塔成为网红打卡点

看见作为背景的塔尖搭配着

一双双剪刀手

巴黎圣母院已经被烧毁

那黑黢黢的脸像卡西莫多

巴黎

不再是那个巴黎

我总觉得还是应该

去一次巴黎

因为那是我的愿望

鞭 子

他这一生
都在被这根鞭子欺负
他恨透了它
无数次想要折断它
想逃
可还是被抽得跪了下来
当他的孩子
跟他吵架的时候
他顺手就拿了这根鞭子
挥向他的孩子

独角戏

身为话剧演员的她
在一场成功的演出谢幕之后
等到所有的观众散去
回到台上
拿一把椅子坐在中央
头顶的灯光再一次打开
现在，所有目光已消失
台下空无一人
她看清了自己
"是你在需要着这个世界
而不是这个世界需要你"

沉入水底的鱼

从水面攫取一颗食物

在鱼群的围绕和碰撞中

逃遁

水面上的浮光和倒影

变得不完整

又恢复完整

鱼已沉入水底

视力从模糊到渐渐清晰

这是一个孤独

宽阔的世界

看不到自我的倒影

可以游来游去

喝海水的人

醒来就望向那边
你的背影
安安静静
待在海边，你在冥思
或者只是看看海
潮汐在你脚下轻摆
涨潮的时候
你喝海水
——这只是我的想象
我知道，如果我走过去
你就会转身对我微笑
海潮会在你的身后突然汹涌
谁都没有料到
你是怎样制服着海潮
收获清澈蓝天
和平静海面的

我的脚步停在半路
一个喝海水的人
你确信走到他的身后

当他转身

是微笑着的吗

第二次同学会

在高中毕业后的第 14 年

开了第一次同学会

那次人到得很齐

气氛也搞得很好

并且相约以后每五年

要搞一次

现在又过去了七年

班长在群里召集同学会

响应的

没有一个人

我想想我为什么不想去

因为记忆里的少年同学

已经被替换成了

七年前的一批成年人

梦的守门人

我的梦加强了守卫
那是因为它发现
在囚禁了我的身体之后
我的身体已经废了
再也撞击不出什么火花
现在我从梦中出逃
在漆黑的夜里变成隐身人
飞檐走壁做盗贼
它不着急，静静
待在梦的出口处
等我的梦做得大了
溢到现实中去
它就出手
把卡在那里的我
折成两段

荒　草

为了让人找到

他躲了起来

他听到伙伴的脚步

在旁边响起

他的心都快跳出来了

然后他的伙伴从他

身旁走了过去

到远处去找

他知道了

对方是认真在找

他几乎听到了对方

急促的呼吸

这种感觉好极了

竟比找到了还好

为了享受这种感觉

他一直躲在那里

一直到星星布满夜空

荒草地

只剩下荒草

活在地球上

时间，或者某种时间

即将终结的提示

会拔去刺

那些因为被放手

坠入悬崖的人

呼吸开始复苏

多条平行线不再交叉

各自向前延伸

松开手跌下的身体

并没有五脏俱裂

银河之外仍是宇宙

我只希望他们

和我

都活在这颗星球上

这是我的肉眼和双脚目前能够确认的

最大范围

朋友们的聚会

我总是乐于看到
朋友们聚会的照片
而我不在其中
我乐于分辨一张张熟悉的
和不熟悉的面孔
指认他们的名字
我乐于听到
他们在聚会中谈起了我
仿佛我很快就来
仿佛也为我留好了座位
和一副餐具

偶尔，在交换杯子的现场
餐具刀割向我的指尖
也因为我的不在场
要过许久
那道口子才突然从内部
到达我的皮肤

鸟没有归宿

"你得先上路
然后才会遇到志同道合的朋友"
我和闺蜜说
她说，你现在找到组织了
我说是的，但同时
我也准备了
随时可能的离开
比起树
我更像一只鸟
我总是在这个地方
在那个地方
很多时候当成了归宿
但鸟没有归宿

我们的相聚

我们赤条条一个人

来到世界上

好不容易相聚

很快又要赤条条

各自离开

即使另有一个世界

有再相聚的可能

再找起来

大概也不会比这个世界

要稍微容易

和同事散步

我和同事绕着办公大楼

走了一圈

我们不出大门

在围墙内踩着一块连着一块的

灰色地砖

迈一步间隔一到两块

一路聊天，聊子女

聊单位里的一些

日常琐事

聊几句换一个话题

一起观赏大院周围这一圈的

桂花树柿子树枇杷树

和铁树

面对桂花的香气和铁树的花

发出适度的惊叹

我们俩不能走得太近以免碰撞

也不能离得太远显得疏远

安福寺所遇

在安福寺佛殿

修建了千佛洞

中间一尊巨大的佛的造像

整个空间顿生庄严压迫之感

我们被一道栏杆阻挡在

化缘箱前

里面是一个僧人带着几个客人

在佛前合影留念

佛殿门口设置了禁止拍照的牌子

我等这些人走后

才跪在拜佛垫上

否则我拜的也包括这些人了

是这些人挡在了

我和佛之间

让我心生疑惑动摇

佛不可怀疑

佛仅仅是我内心的

一种信仰

栀子花

你把校园里的栀子花摘下来

戴在我的头上

你告诉我

有个男生

又多看了我一眼

在高中的女生宿舍

某个熄灯的夜晚

你眼睛亮亮的

像一个精灵

说梦见我

向你说出了

一个深藏的秘密

天亮起来

你走到很远

秘密在花园里枯萎

栀子花

已经腐烂

耽搁

每天把自己架在

这张老气的棕黑色办公桌上

你正在和它

长成一体

你曾抗拒它中规中矩的颜色

笨重的体积

打开抽屉时刺鼻的气味

它多层的抽屉看起来那么雷同枯燥乏味

它永远像是藏着一些东西

你不停不停地翻找

你卷入一层层翻找的游戏之中

星　海

一艘往前航行的邮轮

我是一名游客

当我掉下去的时候

死死抓住了缰绳

如果放手是不是会掉入

令人窒息的深海

我咬过牙

呛过水

如今坐在充气阀上

和邮轮并排驶向远岸

该是切断缰绳的时候了

仰头望见星空

满是星星

看似重叠的星星

相隔很远

乌　鸦

路还没走到尽头
乌鸦成排往天上飞
我夹在密集的车流之中
我说我在用唱歌招引
像撒下的网
收网时天桥上空无一人
我收集了几根羽毛
每一根都有一个熟悉的名字

第四辑

梦和黑熊

好消息和坏消息

坏消息是不可分享的
它像一个罩子
唯独把你
罩在里面
除非你背着这个罩子
去寻找和你拥有
同样一个坏消息的人们
你们将共同
罩在一个罩子里面
只有等到你慢慢地
把坏消息消化
或者突然一个好消息
把你释放出来

语言赋形

我没看见语言创造光

创造江河湖海

或者创造你我

现在，我看到了

语言让光

江河湖海

你我

瞬间消失

当我说

"不存在"

一切瞬间消失

——在我的头脑里血液里

用语言出现

然后倒影在我瞳孔里的一切

离别苦

他说
生死离别苦
生老病死是常事
他说
生后死死后生生生死死无穷匮
他说
空即是色色即是空空不异色色不异空
他说
我们一直在失去
一路在离别
所见为虚
轮回是真
唵嘛呢叭咪吽
我唱诵着
脑海中播放
你以猫
以狗
以鸟
以我的孩子的形象
一次又一次
向我走来

柔顺的

总有一把巨大的剪刀
等在那里
除草工人修剪那些灌木
使那些植物人人都喜欢
且被人忽略

半夜三点钟

我在半夜三点钟醒来

瞥见窗口

窥视着我的黑熊

我看到旁边的人

趴在黑熊的背上睡着

更多的黑熊

在楼下穿行而过

它们将进入不同的窗户

不同的人的梦境

和他们相遇

平行宇宙

有时候会突然想念某个人
这个人还活着
但你想念的这个人
和活着的这个人
已经没有什么关系
除了记忆、梦
和某个平行宇宙中
你再也不会见到
那个人了

重　见

一次见面就好像
把一个记忆中鲜明的人像底片
从显像药水里提取出来
以便确认
然后
投进火炉

莉莉的剪刀

莉莉有一条蛇

藏在胸口

觊觎着

用苹果汁涂满身体的人

那些人

展示着侧面的微笑

在眼睛深处

吐猩红的舌头

他们把绑着绷带的手

藏到背后

莉莉准备了一把剪刀

藏有利器

我讲完

话语散在空气中

凝结　成冰

碎片砸在另一个人

的耳朵里变成

刀或炸药

一个不太会讲话的人

是世上唯一一个

藏有利器

却羞于使用的人

在火化间

工人正拿着一把榔头
当着我的面
把案板上的半个
球形的薄薄的
头盖骨敲碎
"外公"
我在心里轻喊了一声
随着榔头落下
变成了一个虚词

滨松的夜

滨松的夜被繁星充满
天空有间隙
被人间充满

我的呼吸
被茫然闪烁不知疲倦的
夜光
充满

在陌生的地方

想起许多个

在陌生的地方醒来的时刻

不同的酒店

火车的卧铺

要过几秒

才能把所在的酒店

和它所处的城市

把火车的起点

和终点

联系起来

把飘荡在空中的自己拽住

放在一次性纸杯里

更多时候

在熟悉的地方醒来

赶往另一个熟悉的地方

往返重复的路线

形成捆绑的绳索

路

你可以把桥当路

当前途断裂的时候

你可以把船当路

当地表塌陷的时候

你可以把天空当路

当你想不老实的时候

你可以把路当路

当你折回自己的时候

等 风

一支笛子

让自己的每个孔窍

都打开

但音乐并不来自它

它等待

风穿过它的身体

空空的内壁

发出令它

颤动的声音

阴　影

空旷，开得很快

6℃的空气灌入车窗

抽打脸颊

酒精擦拭过的手掌

和方向盘之间

干燥而光滑

后视镜中有一团阴影

在追赶我

抓紧双手

脑袋

向右侧后视镜的方向

转过去一些，看清

是一座山

青灰色的山

死　神

死神掠过我的窗口
在不能入睡的夜晚
我和他紧张对峙
我把自己攥得够紧
他走了抽走
我屋子里的东西
我看见的物体
都变轻了

夕 阳

夕阳通红

整个世界像是被烫着了

人们正飞奔着

让胸口凉下来

看到夕阳的时候

愣了一下

又掉入

黑暗的冰窖

黑夜向我倾斜

黑暗向我倾斜

和雨声一起

我被水淹没

鸟儿浑身湿漉漉

一张织得密密麻麻的网

拖曳我

一整夜

直到天空发白

灰黑色的海洋

向岸吐出我

这根哽住的鱼骨

摩托车

一个梦里相识

醒来已经忘了的人

骑着摩托车带我

路崎岖不平

摩托车开快起来

面前涌来了潮水

潮水拉来了整片海

水会漫过我的身体

我抓着摩托车身

高低不平的岩石好似云朵

我像秋千一样

荡，喊着自我激励的话

在梦里，我能

一圈一圈地荡

也能在潮水中使劲

不倒下

梦见一只猫

梦见一只猫
脸又胖又圆
灰黑色的毛密集顺滑
它盯着我看
朝着我喵喵叫
梦里我认出是我的那只
现在它成年了
我走过去和它拥抱
却又在梦里撇下它
自顾自往前走

物　体

在医院撞见
几个绿衣服的人
匆匆拉着一张白色的
铁床在走廊里
掀起的一阵风
那铁床上的物体从头到尾
盖了白床单
它已经慢下来了
它四周还是那么快

疤　痕

左手中指关节处的那道伤
疤早就结了
起先是一个肿块
凸起
红红的，小火山
山慢慢平下去
颜色转暗
渐渐就好像被遗忘了
一不小心碰到
就疼
现在它变成一小块白色
在四周暗色的中央
像一朵小云
一个人观看自己的疤痕
总是看出新鲜的玩意

克制的力量

在图书馆坐下
我拿着一瓶酸奶
吸管扑哧一声插进了瓶子
吸酸奶的声音呼噜噜的
高雅的书籍殿堂
回荡着仿佛来自下水管的声音
我注意放缓节奏
试图遮掩显得低级的欲望
那声音变了——
重复打着泡沫
黏稠的液体不断进入喉咙
加深呼吸，在停顿时
因反作用力
发出一声响亮的
噗

小块毛毯

有许多次　开车在路上
都能看见路当中
有一小块毛毯
紧紧黏在地上
从视野中一掠而过

它只是一块小动物的尸体
猫或者狗
在它们活着的时候
也不能让人的行驶暂停
既然已经死去
一辆
接着一辆车就从它身上
轧了过去

梦和黑熊

我曾写过一首诗

诗中我杜撰了一只黑熊

安排在我失眠的夜里

同时安排在别人酣睡的梦里

昨天夜里我真的

撞见了那只黑熊

它扒拉在我的纱窗上

当我抓住纱窗试图

把它摇晃下去的时候

它愤怒的鼻息和狂躁的身体

弹开了我

旅行日记

离开每天见到的人
一张陌生的床
大于我身体的两倍
我用三个枕头
堆满多余的部分
还有剩余
干脆，就让它空着
我曾渴望这样的时刻
并用高价买下了它

显　露

谁说黑色

可以隐藏很多东西

夜色越浓

白天好好隐藏的事物

就显露得越彻底

睡觉的那床被子

总爱在半夜

溜下床去

剩我赤裸裸地

睁开眼睛

口罩和鸟的尸体

在厕所里关上门

坐在马桶上

我取下口罩

把口罩放在手上

翻来覆去地看和摸索

口罩边缘有四列密集的压痕

外层蓝色薄膜近似透明

内层染上了口红渍

外层比内层光滑

就这样又看了一次

如果手上是一根火柴

我会用指尖去触摸

火柴头，用指甲

抠红色的粉末

如果是一张纸巾

我会把它撕开

看纸纤维内部柔软的断裂

白色的　裸露在空气的

一只鸟突然掉在我的手上

是一只鸟的尸体

我抖掉了它
对着镜子洗手的时候在想
一只鸟掉在了我的怀里
它是尸体

汤加火山大爆发

比如地震

比如洪水

比如汤加火山大爆发

我坐在出租车后座

浏览这样一些信息

雨雾蒙住车窗

我安定坐着

随车体晃动

我决定把自己交给

车的晃动

毕竟我死死拽住过的

死死拽住的时候

上帝

向前伸出手臂

不是握住我

也不是松手

你只是说

神爱世人

这是一场骗局吗

刚出生不久的婴儿

在床上玩自己的身体

摇来晃去

撅屁股

啃自己的脚指头

发出咯咯咯的笑

一直到幼儿时期

儿童时期

用手指钩住自己的生殖器

以为自己拥有了自己的身体

一个新大陆

一个垂死的老人

直挺挺躺在床上

一动不动

没有任何表情

这是一种淡然

一种被骗光了棺材本后

恍然大悟的淡然

中间呢

中间还不敢相信

使劲地奔跑

死命地思考

就像我现在这样

想起她

想起她
一再想起她
在每个人的诗歌页面
留言热情赞美
和群里每个人交好
遇到被无理批判
也不反驳
仍旧发笑着的表情

原来她早就知道自己即将离开
在轻视和嘲笑声中
她把一生的眷恋和热爱
提前都发给了人间
于是没有遗憾
提前走掉了

塑料薄膜

我开车掠过
她站在街边
把一张塑料薄膜
吞了下去
这是我转回头
看到的最后
一个场景
人们在她旁边
来来往往
没有人发出惊叹
雨滴和水汽
在后车窗上
模糊了视线

当我和她挨得
最近的时候
我看见
她使劲在吞咽
塑料薄膜是透明的
一些水滴
在上面颤动

叶片微卷

从窗户望出去

外面是树梢

一丛丛黄绿色的叶子

在暖风中轻轻摇摆

傍晚的光

照着它们

它们刚刚经历了酷热

雷电和暴雨

叶片有一些微卷

幸运的是

都还活着

它们会摇摆着

摇摆着进入黑夜

队伍很长

开着车突然看见路边

排着很长很长的队伍

很长很长

我看到尾

过了几秒

看到了头

对于我的车速来讲

队伍没有多长

我是在队伍外面的

一看就看见了灾难的全貌

可我一看就觉得很长很长

很长很长

因为我也常常排在队伍里面

在里面的时候

常常只能看到尾，或者

头，大部分时候

看不到尾

也看不到头

不真实的水

我走向后院
一方人工的水池
它就是一块翡翠
或者祖母绿
我把一个矿泉水瓶子
从视野里挪走
坐下来
一个背着包的男人经过
又安静走开
我望着池水轻微波动
土墙上映着水光粼粼
太阳藏到云里的时候
墙上的幻影消失
当太阳再一次出现
那些金色的链条
又开始雀跃
后来小孩子们来了
他们做着热身动作
在他们扑到水里以前
我起身离开

就像很多年以前我独自一人

常常逗留在

陌生景点无人的片刻

我回到住所

他们都还是

我离开前的样子

百年老房

入住的时候

管家提醒

请不要开窗

因为没有纱窗

窗外多蚊子

我们要来了蚊香

管家提醒

请千万小心蚊香失火

这是百年老房

多木质建材

我没有再问

为什么不用安全的电蚊香

也许他会说

因为这是百年老房

这是百年老房

一百年的时间

该有多少先进的事物

出现在这个世界上

但是被排挤在老房之外

所以它是百年老房

193

许多人进去

很快就搬出来

一个人和一个人

一个人和另外几个人

一个人和另一世的自己

进去聚在一起

很快就出来

老房是百年老房

灯还是换成了电灯

窗纸换成了玻璃

玻璃外的月亮

或许是

一百年前的月亮

台风或其他

树的叶子像波浪一样

摇来晃去

一遍遍被拨弄

作为反应

只有发出似有若无的

沙沙的声音

一遍遍

那双手摇撼着树

房子和行人

摇下了雨

我坐在屋子里

看着摇晃的雨

树枝

窗帘

还有房子

房子里

蚊帐桌布碗碟

轻轻抖动

它随时要伸进来

并掏走全部

数　字

我们经过一个
又一个电子大屏幕

它上面不停闪烁着数字
统计图、模拟动图
讲演者在一个投屏前演示

他说 PPT 不是由图文制作的
而是使用代码

一切的影像和文字
可以被分解
打碎
回到无意义的符号

我们一脸严肃
似在沉思
眼前闪烁着
巨大的
不断变幻的屏幕成像

行为艺术家

街头，很多人在围观

我拨开人群

看见一个人

关在一个铁笼子里

他在自己的胸口

用刻刀作画

他是我的朋友

一个行为艺术家

这个笼子

就是他随身携带的舞台

他的脸上淌着泪

用求助的眼神望向我

旁边的人在对着他指指点点

议论他的刀工和作画的技术

我走近他

隔着栅栏对他说

刻刀，请刻得

再深一点

冬天里的人

当所有人都跑向春天的时候
只有他一个人是留在冬天的
他跑不动
所有人都在赏花
拍照片俗气又快乐
他留在冬天
僵硬又冰冷
春天就是进入新的开始
就是把过去抛弃
他如果让自己站在春日下
在樱花丛里
他会让灰色
显得过于醒目

太液池

火
迟早会熄灭的
你猜又能是什么
让唐朝的大明宫消失
然后随着时间
连废墟
都被抹平
几千年后我赶到这里
又能看到什么呢
除了从地下挖出的
几道残垣断壁
大明宫的樱花和梨花
大概是后人种上去的
每年春天
都会长出来一次
又凋落
变成和这些残垣断壁
一样的颜色
或许成为它们的一部分
整个大明宫只有太液池

没有变

几千年后的水

和几年前是一样的

我的眼睛

也是

一个人在旅途

一个人走

那就走得更远一些

走出江南

曾经很向往北方

就到北方去

我已经太久没有一个人

待在陌生的城市

整座城市没有一个熟悉的人

西安这座偌大的城市

衬得我尤其小

北方的劲风

吹得我

像一个空塑料袋

在街道上

悠悠

荡荡

取　影

他们说摄影

就是取光

或者说用光

从混沌中取影

影是事物的轮廓和肌理

当照相机对准你

你的形象被分解成无数形象

可以无限复制

把你的一瞬留存在某个平行宇宙

或者，当你看见一个人

凝视的目光

取到了对方的影子

实际上

那个人将迅速老去

在你脑海里，他

或她

的影子

将在时间之外独立

管中窥豹或一沙一世界

因足够的封闭

抓住细枝末节

构成一个未完形的世界

实现极度的开放性

因足够的洞悉

将真理的拼图扔掉

其中一块

更加接近真理

镶嵌在一张

浮世绘中

清明在春天

是草木最旺盛的时候

是干涸的泥土再一次涨潮

双脚深陷

出苗裂开一道石头缝

根须往更深处盘踞

好像所有归去的

都会再回来一次

你再一次站在墓碑前

告诉你并不是全都这样

告诉你时间是存在的

你的记忆越来越浩瀚也越来越荒芜

拔掉多余的杂草

已经远去的人不断褪色

渺小

变成灰褐色的飞蛾

在清明那天

扑到你的灯下

被你请出去

你不能忍受

一只飞蛾和你

待得太久

第五辑

昨夜暴雨

昨夜暴雨

窗外大雨像一场
战乱，突然而至
你我并排躺着
你的鼾声
将战事越推越远

清晨，雨已经停止
你看我的表情
像共同经历劫后余生
又好像对昨夜的暴雨
一无所知

噩 梦

我梦见女儿

在我吼她几句后

从阳台跳了下去

我伸出手

滑过了她的小腿

她整个人如出生时

一丝不挂

已是少女的人形

出生时先见的头

梦里

最后见的是腿

婚礼现场

我还记得婚礼的现场

不是由我的父亲

是我一个人

迈上红毯

走向这个我选择的男人

很多双眼睛在看

有的在笑有的在鼓掌

背景音乐很大声

我想，别摔倒

站在台上，在蹩脚的

婚礼主持念稿声音中

我低头

戴戒指切蛋糕开香槟

一个苹果掉下来

悬挂在半空中

让我们当着众人的面去啃

我们去啃

妈妈住在熟悉的街区

妈妈说，她再买房子
还是要买在这座城市
这个住了半辈子的街区
我嘲笑她，别说是另一个
街区了
另一座城市，另一个国家
我都不会害怕的

夜里，我突然变成了妈妈
走出门
拐角，不认识所有的店铺
和站牌
街道是陌生的
眼前晃动的面孔
有些熟悉
但这些人我已无法相认
我还记得
回家的路吗

妈妈你是对的

当我老了
我需要住在熟悉的街区

寄 养

寄养在外婆家的那些日子

她喜欢看门口的那群蚂蚁

那一群蚂蚁天天

低头忙碌，在门槛上爬来爬去

没怎么理她

她试过把水倒进蚂蚁洞里

看着蚂蚁浮在水面上

那些细细的黑胳膊黑身躯扭动

那么小

那么不起眼

她也没去救它

长　大

她长大了
再没有人给她讲故事
晚上看书哄自己睡
睡不着时踢墙壁
墙壁给她咚咚的回应

外公的一个下午

外公仰着头
向整个天空洒播他的笑
他每天都要出门
走路飞快

那个下午
他蹲在自己种植的小园子前
一动不动，蹲了很久
站起来时
整个世界翻转
他倒下了

外公的人生
可分为蹲在小园子前的
那个下午之前
和之后

外婆做了飞行员

我梦见外婆

从降落的飞机上下来

我简直认不出她

脸上的皱纹都不见了

泛着熠熠的光芒

她的眼睛看向我

还像以前一样温柔

却是黑白分明的

她的黑瞳仁好大啊

还是齐耳的短发

却都是黑色的

绿色制服的口袋上

别着一枚金色的勋章

她告诉我

现在在做飞行员

她飞在天上

看过整个世界了吧

才会有这样矫健的身姿

才配得上她一米七的高个子

不像她生前

绕着及腰的灶台

转着圈圈

把空余的力气磨进

吱吱嘎嘎的纺织机

和双手来回甩动的

运动里

晒　谷

仿佛又看见小时候
在外婆家前边
河的对岸晒着
成片成片的谷
河和谷都泛着一层
虚化的光

那些谷
一场一场的
在我的年岁里晒着
外婆没在画面里
外婆这些年一直在
画面之外

父亲不走远

电饭锅又忘了按下开关

退休后的老教师

常犯一点小错

这一生他没犯过什么大错

常常和人争执

所有的伤口都不是来自斗殴

多少次在梦里迷路

十几岁的瘦小少年挑着货担

又一次被流氓逼入巷弄

他成年以后不再走远

他说整个世界

就是他没有离开过的

这个地方最好

断　奶

你为了断奶在乳头上抹清凉油

那种冰凉、辛辣

渗进我的嘴里

初尝一种拒绝的味道

可是你为什么不拒绝

我对你的依偎

默许我一整个童年

每晚都拉着你陪我入睡

我曾经偷偷抚摸你的乳房

那已经冻结的泉水

在我的手掌中

仍源源不断

走　散

我想起在那个节假日

在西湖边

我们一家人暂时走散了

我发现他的时候

他正驼着背

目光茫然四处搜索

斑驳的脸比平日多了一些阴影

我喊他，他看见我

用近乎亲昵的斥责问我去哪了

并诉说他的妻子带着他的孙女不知去向

我们一起卷入

波浪似的人潮

他的表情那么焦灼

合拢又分开的波涛

仿佛随时向我们推送

那两张脸

又好似再也不会遇见

——总有一天

女 儿

镜子前

两张脸，在同样的高度

我把我的胸衣

借给你

你不必再还给我了

你不必再躲在我的身后

就站在我的旁边

肩膀挨着肩膀

两颗侧面相对的头

碰一下就分开

这是交班车

恰好相会的时刻

特异功能

在我小的时候
他经常在我面前
表演特异功能
睡觉前偷偷把床头灯一关
我哭闹
他就说停电了
他要发功让电站的电
再开起来
他也表演过穿墙
扑克的消失
隐身等功能

等我长大
他的特异功能消失了
他变成了一个养家糊口的
正常男人
一直生活在那个小镇
他一生穿越的距离
不足十公里
从没穿越过
任何一道墙

喇叭歌舞

楼下公园里

录音机高音喇叭

又响起了广场舞的歌

我能想象旋律里

她们在旋转

旋转　旋转

陶醉在晚上八点半的暮色里

暮色在合拢

合拢

也陶醉在二十世纪八十年代

早晨八点半的晨光里

那时候我或许还没出生

我的妈妈在广场

在喇叭声中

在身旁牛仔喇叭裤脚旋转

的青年的围绕中

一圈一圈

荡出的歌舞

飘到很远

很远

不肯上桌的女人

她是那样一个女人
——她的亲戚朋友
都为她抱屈
叫我要理解她
对她好

她是那样一个女人
在我发高烧的时候
紧紧抱住我
我在她的眼里第一次意识到
什么是死亡的恐惧
那种让我大为惊骇
却甩不掉的东西
从那以后一直缠住我不放

她是那样一个女人
给我端上一大碗烧糊的面条
告诉我她为这顿饭
从早晨几点钟上菜市场
向多少人请教烧法

她如何一步一步照着
做成这样

她是那样一个女人
在我第一次和小伙伴出门玩耍
回家之后
迎来的不是怀抱
不是为我成长感到的喜悦
而是不尊重家长的罪名

她是那样一个女人
在我和她一次争吵之后
我走出家门散心
走到一座微风徐来的桥
转头看见她向我跑来
——她的双手前伸着
身上穿着围裙

她是那样一个女人
在她来学校看望我的一路上
买下碰到的包子、麦饼和烧卖
一样一样塞给我
不顾我的饱腹
我从小的厌食

她是那样一个女人
翻开我的日记本
拆开我和笔友之间的信件
把我的反抗和咒骂
当作笑话
一次次讲给亲戚朋友听

她是那样一个女人
在我临近成年的时候
身体系统崩溃紊乱
她陪着虚弱的我上大学
向我的老师们哭诉
她为我这个从小不让人省心的孩子
操碎的心

有太多的人来告诉我
她爱我
仿佛我是一个
喂不熟的白眼狼
我也的确装作一个聋子
一个瞎子
不知从什么时候开始
我以为自己

是一个乖戾的人
一个麻木的人

但我想念一个家
一个离开后才仿佛存在过的家
想念一份仿佛拥有过的爱
什么是爱？
在高中时期的集体宿舍
许多个失眠的夜里
泪水一遍一遍湿了枕头

她曾说过
即使绑
也要把我绑在身边
她的确做到了

可她仍然不停地
向所有的人诉说
她对我的付出
我对她的辜负

如今她年届七十
当一家人坐在一起
她不愿意上桌

和我们吃饭

一个人缩在楼梯

或者沙发上吃

叫她，问她为什么

她说自己老了

她像一个符咒

紧紧贴在我的身上

她紧紧贴着我

可我感到如此孤独

妈妈

你说

爱

到底是什么

"妈妈我想在你怀里"

我一下一下轻轻拍打着她的身体

因为虚弱

她变得乖巧柔和

身体蜷缩成婴儿状

我知道她是想离我近一点

想象回到我的肚子里

那里很安全有羊水包裹

流感突然的袭击

让她变了样子

不像平日

她会大声地和我吵架

有时狠狠地盯着我

仿佛是在射一支箭

要使劲地试一试这把弓

能承受拉到多弯

不会断

战争与和平

我在医院住了三天
宫缩阵痛越来越难以忍受
却仍然不规律
医生对我说
看你脸色怕支撑不下去了
夜里打镇静剂
不行就准备剖腹产
零点进产房
那么巧，宫口开了两指
医生说那就生吧
"我能生下来吗"
"你觉得能，就能"

两个小时后
她被拖出了我的身体
我感到世界和平了
一个新的世纪开始

后来才知道
那不是和平的开始

一个新的人

是我又不是

她在和我不断的战斗中

越来越完整地

从我的影子脱出

"你叫我向西

那我就向东！"

CT 室门口幻象

铁门自动缓缓打开

又合拢

一个个人进去又出来

我的妈妈、爸爸

辐射线穿透每个人的胸腔

我们等待和迎接那一次照射

我看着我的妈妈站在门的里边

我被阻挡在外

她动作缓慢地脱下她的外套

呈现一具佝偻的老妪的身体

那英姿勃发的外科女医生——

穿着白大褂的她在射线造影中碎裂

然后飘走

我的爸爸迈着缓慢的步伐

走进去

那道门关上

一个矮小但灵活的身影

骑着凤凰牌黑色自行车

在刹车过程中踏着小碎步

对我回眸一笑

那道沉重的门又打开
一个表情惶惑而沉重的老头
从里面
走了出来

野蛮生产

我在产房内号叫
房门突然开了一下
听到守候在门外
母亲和丈夫的声音
我立刻使不上劲
直到房门关上
我才得以重新
投入关乎生命的
搏斗